둥근 방

지혜사랑 257

둥근 방

이승애

지혜

시인의 말

시어를 탈탈 털어낼수록

더 간결해지는 시

내 안에 한가득 들어찬 시어들을

언제쯤

다 쫓아낼 수 있을까

2022년 가을
이승애

차례

2부
발효의 시간 — 그 기다림 너머

3부
우린, 아버지의 등에 매달린 어린 봄이었다

4부
절반의 이름, 절반의 노래

1부
고요 한 동이, 동그랗게 입을 열다

봄

법주사 보리수나무

햇살을 오물거리는 새순들

가로세로 접힌 법문을

봄볕에 펼쳐 읽는 중이다

목탁소리 다 삼키면

열매가 붉어 단단한 씨 하나

화두처럼 박히겠다

술 익는 소리

옹알이가 시작되었다

입술이 두꺼운 큰 항아리마다
고두밥과 누룩이 섞여
옹알대기 시작했다

자갈바닥의 달콤한 두드림
깊은 우물 두레박의 인기척
가쁜 숨 참았던 폭포수 휘어지는 소리를

새의 말과 늑대의 웃음과 호랑이 발자국과
버무려 앉힌 후

왈강달강 끓어오르는 항아리에서
눈 떼지 못하던 시간의 빛깔

가로등이 밤 새워 그 소릴 지키다 스러지고
별들도 창문을 끌어당겨 들여다보고
달빛은 제 몸도 섞자고 무작정 달려들고

거르지 않고 찾아오는 식욕처럼
잔 부딪고 웃음 도수를 높이다가

돌아서서 다시 뿌리를 세우는 삶

호수를 흔들어 마시던 바람으로
산골짝 흘러내린 말간 숨결로

해의 시간을 걸러 내린
만장일치의 발효

소리가 지나간 자리마다
제대로 삭힌 고요 한 동이
동그랗게 입을 연다

마른 달빛

열사흘 달이 내려다봅니다
이틀만 더 견디면 만삭인데
숨이 차 오릅니다

염천에 하루를 견딘 소나무
벗어둔 제 그림자를 딛고 서 있습니다

마른 바람이 불어오고
하르르 무게를 버리는 잎새들

달라붙은 땡볕에 입을 다문 꽃들
하나둘 고개를 숙입니다

딱 소나기 한 줄금만 달라는
맨땅의 마른 입술에

나는 아무 말을 건네지 못했습니다

열사흘 달,
환한 달빛이 송구하다고
흰 구름 한 점으로 얼굴을 가립니다

물의 속도

굵은 빗방울이 사선으로 뛰어내린다
허공에 죽죽 밑줄을 그으며

능소화의 목을 치며
돌진하는 저 물의 반란에
돌담 아래 꽃의 비명이 벌겋다

고샅길을 관통하는 붉은 혓바닥이 넘실거린다
수많은 물의 주름들이 접히고 접힌다

출렁출렁 도시의 다리 밑을 위협하는 저 수위

거친 물의 속도에
자동차 냉장고는 쓰레기가 되어 속수무책 끌려간다

저것은 찢어진 구름의 집합

한날한시에
일제히 뛰어내리는 장맛비가
무서운 속도로 행진 중이다

둥근 방

애초에 한 방울의 물이었다
둥둥 몸을 감싸는 물과 섞이지 않고
홀로 자라는 물이었다

꽉 막힌 방,
어둡지만 환한 그곳에서
나는 파랗게 움이 트고 있었다

밀물과 썰물이 찍힌 서해와
달의 숨소리가 높은 동해와
조릿대 사분대는 대관령을
보지 않아도 볼 수 있었다
바다와 바람의 호흡만으로

눈 대신 귀가 환하게 열렸다
나를 부르는 소리에 말랑한 뼈가 하나씩 돋았다

부드러운 손이 바깥에서 나를 어루만질 때
온몸이 따뜻해졌다
그때마다 한 번도 본 적 없는 얼굴을
어디선가 만난 것만 같았다

\>

아늑하지만 안개 속 같은 방
발길질을 해도 문은 열리지 않았다
나는 꾹 참고 기다리고 있었다
꼭 만나야했다

퉁퉁 부은 발을 어루만지며
태명을 불러주던 다정한 그 사람을

목소리

함박눈이 도착했다
허물어지던 담벼락은 더 허물어질 것인가 버틸 것인가
깊은 생각에 젖었는데
쌓여가는 눈의 무게가 마당 쪽으로 담벼락을 밀어내고
주차된 차들도 등에 눈을 한 덩이씩 태우고
어디론가 사라졌다

한밤중 경비원 전화를 받은 동생이 비몽사몽 일층으로 내
려가자
내복 바람으로 아버지 마중 간다고 따라 나선 어머니
목화 이불 속 잠도 엉거주춤 따라 나오고
함박눈은 어둠을 덮듯 펑펑 내리고

매화 꽃잎이 홑이불처럼 펄럭일 때 하늘로 가신 당신은
달이 되셨는지
보름달 뜨면 내 마당가를 서성대신다
마당 가득 출렁거리다 새벽이면 창백해져 돌아서는

피고 지는 꽃처럼 그냥 잊고 살다가
문득 가을 들녘 누런 벼들을 만날 때 아버지는 논 가운데
서 있고
저벅저벅 고무신 물소리로 대문을 열던 당신의 헛기침이

마지막 한 개 남은 모과나무처럼 내 목을 간지럽힌다

잘 있는 겨? 몸은 성한 겨?
눈송이처럼 펄펄 내리는 목소리
비릿한 기억들이 커다란 손을 내밀고 있다

여름 편지

부케 한 송이 가슴에 안은 신부들이
몰려오는 계절

수국 꽃숭어리 같은 둥근 등불을
그대 가슴에 켤 수 없어
쉬이 잠이 오지 않습니다

천 개의 꽃잎으로
천 개의 방을 만들고
기어이 하나의 둥근 방이 되는 수국

그 작은 방 하나도 불 켜지 못해
멀리서 바라만 봅니다

저녁의 시간

저녁을 불러들이는 집이 있다

어스름 녘 먹물같이 스미는 어둠에
저녁별은 온 길로 모두 돌려보낸다

회사마당에 기다리던 차들도
저녁의 품에 안겨 돌아가고
멀리 나갔던 새들도 어둠을 물고 돌아오고
저녁의 집에는 많은 귀가들이 있다

빛이 스러지고 불 켜진 시간에
주방마다 저녁밥 짓는 소리가 있고
비었던 방마다
돌아온 소리들이 분주하다
샤워하고 변기 물 내리는 소리
가족을 껴안고 돌아가는 세탁기 소리
식탁에 둘러앉은 수저소리와
웃음소리가 버무려져 맛깔스럽다

시든 채소가 가득한 1톤 트럭
팔리지 않는 애절함이 넌출넌출 자라고

노인의 폐지 가득한 리어카 뒤를
귀가하지 못한 저녁이 따라가고 있다

허공의 집

콩새, 직박구리
열매를 먹고 부리를 씻은 곳
씨를 뱉어낸 저 자리가
아찔한 벼랑이다

바람의 날개에 업혀와
양모의 젖을 빨며 살아온 처지
기억도 나지 않는 어미는 어디에 있을까

참나무 부둥켜안고 Y자로 허공에 발을 건
위험한 입양

참나무 양모는 제 새끼인 양
푸른 치마로 감싸 젖을 물렸는데
찬바람에 숲의 늑골이 앙상해지고
한눈에 드러난 핏줄

겨우살이는 여전히 푸르다

약초꾼이 몰려오는 계절이면 안절부절
새 둥지인 양 위장을 하지만
매의 눈이 목덜미를 후려친다

\>

앙상한 나뭇가지 붙잡은 저 겨우살이

겨우내,

겨우, 겨우 맘 졸이며 살아간다

고갯길

차들도 숨이 턱턱 차는* 성북고개
가파른 오르막이 산 쪽으로만 기울어 잠깐씩 숨 고르며
올라야 합니다
그 길을 노파가 폐지를 이고 느릿느릿 거북이걸음으로 오
릅니다
뒤따라가던 바람이 한숨과 땀내를 물고 늘어지다가
다시 전봇대 밑 빈병을 건드립니다
채워지지 않는 삶은 폐지가 되어야 이 세상이 끝나는지
흩어지는 머리카락처럼 노파의 발자국도 자꾸만 헛놓입
니다

가파른 길의 끝자락엔 병든 영감과
어린 손자놈이 흩어진 부모 대신 마루 끝을 지킵니다
차도 옆 박영감 빨간 벽돌집에서 고기 굽는 냄새가
기를 쓰고 언덕을 올라와 손자놈 배앓이를 하게 합니다
오늘도 라면 세 개 들고 낡은 가스레인지와 씨름하는 노파
언제쯤 소식 없는 아들이 맡겨놓은 자식 데려갈는지
가스 불을 켜는 손이 파르르 떨립니다

* 부산 동구 범일동과 좌천동을 아우르는 산복도로에 있다.

비 그친 오후

감나무 한 그루
젖은 그림자 바닥에 펼쳐 말리는데

그늘이 소란하다

꿈틀꿈틀 감나무 발등까지 긴 줄이 이어진다
개미 떼가 분주하다

비 그친 틈으로 비명이 자욱하다

흙투성이 지렁이 한 마리
작은 것들 떼 지어 먹잇감을 공격한다
필사적인 몸부림에 개미떼가 까맣게 달라붙었다

엎치락뒤치락
한 치도 물러서지 않는 싸움을

전깃줄에 앉아 구경하던 까치
순식간에
지렁이를 낚아채 날아오른다

놀란 개미들 멍하니
허공을 올려다본다

솟는 귀

요양원 창가
아침 햇살이 먼저 안부를 살핀다

마른 눈동자로 허공만 우두커니 움켜쥔 할머니
창을 넘어온 햇살이 찬 이마를 잠깐 데우고 사라진다

머리맡 라디오가 세상의 웃음을 쏟아놓지만
꼭 다문 입술, 종일 천장만 읽다
무슨 생각하고 있을까

앙상한 손과 발
이별의 경계에서 두 귀만 소리의 끈을 잡고 있다

하늘과 땅을 쓸어 담던 귀
누군가를 위해 바친 시간의 나사가 풀리고
귀마저 세상 밖으로 버려졌다
말이 마르고 입이 멈추고
헐거워진 몸은 소리보다 먼저 가라앉았다

마지막까지 간절한 귀
귀에 대고 엄마를 부르자
꼭 감은 눈가로 흘러내리는 눈물이 대답이다

\>

무슨 소리든
죽음의 문턱에서도 듣고 싶은 말이 있어
요양원 침대마다 귀들이 쫑긋거린다

골목의 봄

검은 봉지를 들고 골목을 지나간다
봉지 안이 궁금한 바람이 오른 팔을 흔들어댄다

담 벽에 기댄 모과나무
촘촘히 달라붙는 햇살에 부스스 눈꺼풀 열리는 소리
허공을 향해 첫발을 떼는 어린 이파리들
가만히 발소리를 듣는다
곧 하늘로 달리는 경주가 이어지면
짙푸른 그늘이 담을 넘어올 것이다

골목을 돌아 집으로 가는 길
지난 가을 모과나무는 그 단단한 주먹을 모두 어디에 버
렸을까
가지는 텅 비었다

구겨졌던 나무가 몸을 펴는 사이
골목은 검은 봉지 속으로 접히듯 들어가고
전생도 잠시 쪽문을 열고 나왔는가
골목 끝집 오래 앓다 떠난 노인이
담벼락 아래 생시인 듯 봄볕을 쬐고 있다

이맘때쯤 딸이 엄마를 부르며 걸어오던

골목이 조용하다

적막한 봄날이다

나무의 공식

어느 날은 연두색 옷을 껴입고
또 어느 날은 눈보라 속 빈 몸이다

나는 목도리를 두르고 두툼한 외투를 껴입고
헐벗은 그를 만나러 간다

혹한에 귀때기가 파랗게 얼어도
산등성이를 지키고 서 있는
저 성자들

산의 숨소리로 자라
나무의 침묵은 키보다 높다

그의 침묵은 오래 지켜봐야 한다

단풍잎을 낳은 가을 산이
색을 버린 자리, 허공이 다닥다닥 매달린다

깃드는 모든 것들에
자신을 내어주는 지극함

낙하하는 한 잎 한 잎
하늘의 뜻이 발아래 포개진다

빈 의자

누군가 길가에 버린 나무의자
녹슨 못이 삐걱 다리를 붙잡고 있다
지나가던 빗방울이
후드득 피운 물꽃을 금세 거두어가고
구름 속에서 쭈뼛대던 햇살 슬며시 다가와
의자에 조심히 걸터앉는다
곁에서 지켜보던 붉나무
햇살의 무릎에 이파리 한 장 팔랑 내려놓는다
고욤나무 가지에 딱새 한 마리
한가로운 오후의 풍경을 바라보고
마른 잎 매단 칡넝쿨 긴 그림자
바람이 등을 밀어 앉히려는데
금수산 다녀오던 등산객이
털썩 무거운 엉덩이를 올려놓는다
화들짝 눌린 햇살 한 줌
이파리 한 장도 뭉개졌다
기웃대던 딱새가 푸드덕 날아간다
의자가 끙, 앓는 소리를 낸다

2부
발효의 시간 — 그 기다림 너머

가파도

파도 소리에 발등이 젖는 섬

청보리 밭에 너울너울 물결이 일고
물빛 푸른 바다가 익어간다

섬과 섬 사이
이곳에 와서 쉼표를 찍는 갯바람
돌담,
좁은 틈으로 빠져나가는 바람의 발바닥이 짜다

저녁노을이 바다의 이마를 흥건히 적실 때
하루가 꼬리를 말고 수평선 너머로 사라질 때
문득, 아득해지는 섬

바람을 등에 업고
뭍으로 달려드는 파도를 피하다가

유모차를 밀고 가던 노모가
따라가지 못한 바다를 되 싣고 오는 것을
우두커니 바라보다가

물 울타리 속에서 혼자 우는
가파도를 멀리 두고 왔다

소낙비

자욱한 안갯속을 달려온다 달려온 곳이 어딘지도 모르고
허공에 사선을 그으며 강으로 뛰어내린다
리어카 폐지를 적시고, 굽은 등을 적시고 마당귀 살구나
무를 흔들어도
허공은 젖지 않는다
꽃들도 제 아랫도리가 헐거워지는 줄도 모른 채 흠뻑 젖
어 꽃잎을 떨구고
빗소리보다 하고픈 말이 많은 절집 풍경風磬
바람에 휘둘려 제자리에서 뱅뱅 돈다
허공이 강이라고 바람을 붙잡고 꼬리를 친다

쏟아지는 빗속을 맨발로 걸어온 친구
유산 받은 그 많던 재산
높은 빌딩과 넓은 집에서 흥청망청 살던 철부지 남편 때
문에
변두리 전셋집으로 이사했다는 목소리에 물보라가 일었다
살림만 하던 친구
세계 여행을 다니며 카톡으로 이국 풍경을 보내올 때마다
지중해의 부신 햇살에 내 눈이 멀었는데,
나무뿌리처럼 살아온 날들이 소낙비를 견디는 일이었다

비가 멈추자 산이 안개에 가린 제 몸을 천천히 꺼내고 있다

인연

마당에 서서 보름달을 본다
무슨 인연이길래
하늘에 박혀 기울다 자라다 하는 저 달
만월의 그늘 안고 잠든 고향집 우물가로
생각의 두레박을 던진다

아버지가 보고 싶다

다랑이 논에 일 가시기 전
아버지가 흘려주는 물 한 모금에
날을 세워주던 숫돌
가슴팍이 푹 파인 하현달로
깎인 고통만큼 푸르게 섰던 낫날

당신의 젊음도 숫돌의 빗면처럼
그렇게 소리 없이 사라졌지
날을 세워주던 숫돌의 눈물처럼
아버지의 땀방울로 키우신 칠남매

생을 깎아내는 시간이란 숫돌
미처 다스리지 못한 인연들을
오래오래 세우고 싶다

\>
마당 가득 떨어져 내리는
달빛 속 굽은 등의 아버지
당신의 딸로 다시금 태어날 수 있을까
천명天命의 인연으로

그리운 저녁

고향 바람은
기름때 묻은 솔기에 달라붙어
방망이질에도 끄떡없다

그 바람이 들쳐 업고 온 소문 몰고
어머니 계신 곳으로 달려간다

붙박이별과 닻별이
어둠을 뚫고 밤하늘에 걸릴 때

새처럼 날아가
어머니 치마폭에
얼굴을 묻고 싶은 저녁

그리움이 뒤란에 둘둘 말린 멍석처럼 쌓였던 집

황토바람벽에 매달린 시래기가
마지막 햇살에
제 무게를 줄이던 그곳

청기와집 마당을
맨발로 뛰어나오던 어머니는 어디로 가셨나

>
세상의 파도에 휩쓸릴 때마다
다시 옛집으로 돌아와
달빛 고운 빈 마당을 서성거린다

雨요일

길가 목마른 나무들
서두르지 않아도 골고루 공양을 받는다
하늘이 차려준 빗방울 밥상이 푸짐하다

불이 꺼진 디지털플라자 간판
불이 켜진 서부병원 간판도
먼지 낀 얼굴을 씻고
모처럼 비를 떠먹는다

무량으로 내리는 비

불빛에 반사된 풀잎들은
방울방울 빗방울 연등을 켜고
굽은 등을 펴고 있다

굵어진 빗발들이
짙은 어둠을 건너가는 소리

탁발하듯 자동차 불빛이 따라간다

골목에 젖고 있는 폐지들
빗방울 경전을 읽는 중이다

어머니, 꽃구경 가요
— 청남대 국화축제

가을이 한껏 부풀어
햇살을 삼킨 국화 꽃망울이 탱탱하다

가을은 얼마나 맑은 피를 가졌을까
예약된 꽃들이 일제히 입을 열고 사방은 향기로 자욱하다

사람은 꽃구경
꽃들은 사람구경
서로를 바라보는 시간이 어느 전생인 듯 황홀하다

꽃 더미에 묻혀 풍경이 되던 시간은 어디로 흘러갔을까

여기가 어디인가
여기가 어디인가

바람이 부는 곳으로 어머니가 가셨는데
국화꽃에 싸여 어디론가 가셨는데

저기 활짝 핀 어머니가 앉아있다

소나기처럼 관광버스가 지나가면
유모차의 아가들, 다정한 연인들

청남대가 또 다시 출렁, 어제의 누이들이 노랗게 웃는다
휠체어 탄 구순 노모, 마른입에 물컵 대주는
환갑 지난 아들도 잘 익었다

저 맑은 풍경을 세워놓고
물빛 그림자로 다가오는
어머니, 내 어머니를 불러본다

어머니 우리도 꽃구경 가요

가뭄

물 고인 웅덩이를 찾아
양수기 싣고 들로 나가는 트럭
바람이 맑아 오늘밤도 돌아오지 못하리라

자드락밭
불볕 아래 한나절 풀을 뽑는 어머니
자꾸만 기울어지는 마음이 비탈밭이다
타들어가는 참깨밭, 깨주머니 홀쭉하다
볼록하게 채워줄 빗소리
허리를 펴고 올려다본 하늘은
근심 한 점 없다

산과 들
갈라진 바닥을 드러내도
하늘은 절대 수문을 열지 않는다

우러러 두 손을 모은다

의지할 곳
깊디깊은 하늘 연못뿐이다

오후

가을볕은 모두 마당에 내려와 있다

볕을 골고루 나눠주는 어머니 손놀림에
붉은 고추들이 돌아눕는다
가을의 내장이 투명하다

하늘이 바다처럼 깊어
새들도 하늘에 길을 내지 않는다

마당귀 은행나무
바람에 몸을 털 때마다 우수수 햇살이 떨어진다
은행나무 발등이 노랗다

가을볕에 앉아있으니
지난여름 골방에 숨었던 오후가 불려나온다

볕 한 사발 담아 골방에 내려놓는다
두 시가 환하다

우두커니

해질녘
개울에 놀러나간 오리들 뒤뚱거리며 돌아오고
김매다 돌아오는
아버지 손에 밭두렁 논두렁이 둘둘 감겨있었다

엄마가 부르는 소리에
땅따먹기 하던 것 골목에 던져놓고
달려가는 얼굴이 햇살처럼 빛났다

엄마 목소리에
남은 아이들 우르르 집으로 돌아가고

하늘도 노을 속으로 풀어놓은
새들 불러들이고

혼자 남은 아이
어두워지는 골목에 우두커니 서있었다

개밥바라기만 가만히 내려다보고

루사가 다녀간 뒤

강은 벌겋게 제 몸을 뒤집고
마을을 향해 달려가고 있었다

그 유속에 휩쓸려
매시간 티비 뉴스를 타고
거실에도 황토물이 쏟아지고
앵커의 목소리가 빗물에 잠겼다

별안간, 가벼워진 자동차들이
거리마다 둥둥 떠다녔다

강둑의 허리가 끊어지고
저녁은 흙탕물에 휩쓸려갔다

루사가 다녀간 아침

언제 그랬냐는 듯
하늘은 파랗고

태연히 울던 한낮 매미 울음소리

어제의 일이
멀고 먼 옛일 같았다

수련

황토 항아리를 가져온 k교수님

작은 수련이
물속에 숨어있단다

아무리 들여다보아도 흙탕물뿐,

다음날, 그 다음날도
연잎 한 장 보이질 않더니

며칠 후
아기 손바닥 같은 연잎을 밀어 올렸다

자주빛 수련은 아직 멀다고
꽃 피지 않은 시간만 찰랑거렸다

비 갠 오후
타원형 연잎에 물방울 하나 구른다

품지 못해
발등으로 떨어진 물방울 하나

우주처럼 무겁다

삼월

강둑 미루나무 비에 젖는다

우듬지에 앉았던
까치 한 마리
이내 솟구쳐 오른다

순간, 새를 날리는 푸른 손을 보았다

봄이 오는 쪽으로 강물은 잔잔히 굽어 흐르고,

자욱한 물안개
비옷을 입은 농부가 들판을 건너고 있다

가까운 산들이 점점 멀어진다

사람이 온다

짐짝처럼 실려 다닌 갖가지 이력들
여기저기 구름처럼 몰려온다
곰소항 젓갈냄새가 오고
신안 하이도 염전 짭조름한 바람과
소금을 익히던 햇살도 온다

흙길은 노송과 함께 늙었다
소나무 숲길은 몇 장의 역사를 품고 있을까
흘러간 시간을 다 읽고 가라고
괴산군 산막이 옛길 표지석
앞서간 발자국을 일러준다

괴산호 물길 굽이굽이 이어놓은 나무 데크
전설을 차곡차곡 쌓아둔 돌담길엔
시간의 이끼가 파랗다

호수를 건너 달려온 바람이 말을 걸어오는 순간,
호흡이 달다

별이 뜨고 달빛 곱던 옛길
물결이 물결의 등을 밀어 파도를 만들 듯
앞선 웃음소리

뒤쪽 웃음을 되받아 겹겹이 파문이 일고 있다

썰물처럼 사람들이 떠나도 날마다 야근하는 달
괴산호와 산막이 옛길이 환하다

담벼락 너머

담 기댄 옆집 살구나무

술 향기 가득한 술도가로

고개가 넘어오고

슬그머니

한 뼘씩 그늘을 넓히는 낌새에

설레는 항아리들

알코올 도수가 조금 더 올라간다

뜨거운 무사

오월은 날갯짓으로 분주하다

아카시아 숲은 앞섶을 열고
먼 길을 찾아온 바람에게 향기 한 줌 쥐여주고
배고픈 벌들에게는 다디단 젖을 물린다

십리 길을 오가며
쉬지 않고 꿀을 담아오는 꿀벌들의 작업 노트
맨 첫 장에 아버지가 적혀있다

철따라 벌통을 다스리던 아버지는
부지런히 먹이를 나르는 젊은 무사였다

육각형의 왕국을 건축하고
고단한 날개를 부채질하던
일벌들의 삼십 여일 짧은 생처럼
언제나 햇빛은 짧고 장마는 낙화를 부추겨
꽃의 숨결은 시들어갔다

흐드러진 꽃길만 생각했는데
공중에서 공중을 읽고 홀로 죽음을 맞는 일벌처럼
벌과 함께 소멸해 간 아버지

\>

목숨을 걸고
말벌과 진드기와 결투하던 벌처럼
아버지는 뜨겁게 살다간 무사였다

3부
우린, 아버지의 등에
매달린 어린 봄이었다

당신의 봄

산중턱 비탈길 고로쇠나무
옆구리에 매달린 플라스틱통 우두커니 내려다본다

겨우내 주린 몸
봄이 차려준 밥상 한술 뜨려는데
누군가 비닐 호스를 꽂고
방울방울 피를 짜내고 있다

목이 타들어가는 고로쇠나무
산도 구부정히 비탈을 끌어안고
바람이 잦아들기만 기다릴 뿐

센베이 한 보따리 삼천 원, 두 보따리 오천 원
이 골목 저 골목 끌려다닌 아버지
고물 1톤 트럭에 골목의 시린 어둠만 잔뜩 싣고
처진 어깨로 돌아오셨다

막내 병원비
큰 놈 등록금에 입술은 바짝바짝 타들어가는데
봄은 우리 집을 비껴 달아나버렸다

자식들 키가 자랄수록

점점 쪼그라든 아버지

그때 우리는 아버지에게 주렁주렁 매달려 있었다

내다 팔 봄이 수북하다

사방에서 피댓줄 도는 소리
3월이 발동기를 돌리고 매화나무 심장이 뜨거워진다

섬진강 물소리를 물고 온 햇살은
겨우내 농부처럼 살았다
칼바람에 여린 가지 상처가 날까
겨우내 매화 밭을 헤매고 다녔다

곰삭은 두엄으로 매화 밭에 살이 오르고
발끝까지 피가 도는 꽃가지들
마른가지 쳐내며 머슴같이 살아온 매화 밭 주인
거친 손끝에서 눈부시게 봄이 핀다

동박새 한 마리
이 가지 저 가지 매화 향을 물어 나르고
온몸에 꽃을 심은 나무
내다 팔 봄이 수북하다

봄볕에 달아오른 마음들
나무마다 첫 페이지가 열린다

봄의 첫 농사다

눈은 벚꽃처럼 내리고
― 입대한 아들에게

벚꽃이 피던 길에 눈이 내린다
벚꽃이 눈처럼 내린다고 했는데

이제 눈이 벚꽃처럼 흩날린다

눈과 꽃 사이에
봄과 겨울이 있다

손을 내밀어 내 등 뒤로 내리던 꽃잎을 더듬는다
차갑다
너를 떠나보낸 내 마음처럼

눈꽃 속에 군에 간 네 목소리가 들린다

무심천 물속을 들여다보던
왜가리도 떠나고 개울물도 시퍼렇게 얼었다

창 너머 서릿발이 군화 소리로 들릴 때
빙벽에 세워둔 듯
내 마음이 아리다

그리움이 너무 멀다고 느낄 때

밤새 기도하리라

온 세상 온기를 다 네게로 보낸다

어미는 얼음바위를 껴안아도 괜찮다, 괜찮다

개기월식

툇마루에 봄볕이 앉아 졸고

감나무에 묶인 개에게
절대 밥 주지 않는다 약속받고
시장에 가신 어머니

툇마루에서 쑥개떡 먹던 할머니
약속은 싸리비로 쓸어내셨나
간절한 눈빛을 보내는 개와 눈을 맞추고

너도 한 쪽 주련?

어질머리 끌고 뒤뚱대며 다가선 할머니
개가 뛰어오르자
반원이 그어지고
엉킨 쇠줄에 감겨 그만 나동그라졌다
당신의 남은 시간도 병상에 꽁꽁 묶였다

수없이 핥던 개밥그릇은
보름달이 떠오를 때마다
비척대던 그림자로 하늘에 매달렸나

\>

서서히 가슴을 쓸던 손길을 거두어가는
또 다른 그림자

개밥그릇에 스민 얼룩처럼
달은 어둠을 걷어내고 젖은 기억만 끌고 간다

오월

외양간은 텅 비고
주인 따라간 어미 소와 송아지를 기다리는
누렁이 한 마리
감나무에 기다림과 하품이 묶여있다

빙빙 도는 그 자리
그늘에 감꽃을 떨어뜨린 감나무가 개목줄을 잡아당기고
다시 풀어놓는다

밀고 당기는 사이 여름 해는 느적느적 산비탈 감자밭을
서성이고
흰 감자꽃이 몇 개 더 피었다

찔레꽃길을 돌아
저녁노을을 지고 집으로 오는 길
코뚜레도 모르는 어린 송아지
논두렁으로 쏘다닌 하루가 흙투성이다
풀 한 짐 지고 와 쇠죽 먼저 챙겨주고
고단한 잔등을 쓰다듬는 아버지
하루가 소꼬리보다 길었다

저녁상 물리고 멍석에 둘러앉은

황소 팔아 텃논 산 이야기
송아지는 둘째 대학등록금이라고
걱정과 희망을 한데 버무리는데,

묵묵히 되새김질하며 바라보는 큰 눈망울
무슨 말을 할 듯 말 듯
순한 눈만 습벅거린다

발산천

갈대 우거진 발산천 둑
저녁이 산책을 나왔다

자박거리며 먹이 찾던 왜가리
어둠에 젖은 채 서있고

덤불 속
놀란 고라니 후다닥 도망치고
숨었던 어둠도 뒤따라 달린다

풀섶에 우두커니 앉아있는 바위 하나
열아흐레 달이 내려다보고
개울물은 달빛을 업고 가만가만 흐르고

개구리 합창소리에
들고양이
풍덩, 다 잡은 달을 놓치고

빨래터를 건너다 발목이 젖은 별 무리

모두 발산천 가족이다

하루의 탑

사직동 시장 골목길
등 굽은 노파의 좌판
바구니 속 고만고만한 사과들
종일 문질러 말간 얼굴이다

시끌벅적 지나치는 사람들
눈길조차 주지 않는데
햇살이 먼저 와 들여다본다

흠이 있는 사과는
몇 개 더 얹어도 값은 허름하지만
아무도 묻지 않는다

노인의 지문이 찍히고 또 지워진다

시간의 탑은 소리없이 허물어지는데
노파가 쌓아둔 저 하루의 탑은
언제 허물어지나

어쩌다
사과 한 바구니 담아줄 때
쭈구렁 웃음은 덤이다

말뚝

무심코 던진 한마디
밧줄이 풀리듯 놓쳐버린 말

나무들이 애써 키운 새를 놓치고
빈 둥지를 바라보듯

나는 떠나버린 말의 뒷모습을 황망히 바라본다

눈물을 떠먹이며
미움을 삭히며
그 말은 내가 애써 품은 말

끝까지 비밀로 남겨두어야 했다

생각을 꼭꼭 여미지 못한 탓에
되로 주고 말로 받았다

돌아오는 길
후회가 밧줄이 되어 온몸을 묶는다

그 말에 묶여
제자리를 빙빙 돌고 있다

가슴에 박힌 말뚝은 끝내 뽑아낼 수가 없다

감자꽃이 필 때

마당 가득 늦봄이 출렁대고 있었다

아침부터 욕설이 넘치던 광주리도 던져놓고
무엇이던 붙잡으려고 휘둘렀던
손아귀엔 허공만 한 줌 잡혀 있었다

감자밭 밭고랑에 느닷없이 쓰러진 목포댁
하얗게 핀 감자꽃이 조등 같았다

차일을 치고
펄펄 국밥을 끓여내는 봄날
조문객을 모아놓고 웃고 있는 영정사진이
미처 쓸어 담지 못한 슬픔을
골고루 나눠주고 있었다

대문 앞 감나무가 상여를 멘 듯 휘청대는 봄날
고추밭으로 가던 도랑물 소리도
감자밭으로 가던 경운기 소리도
잠깐 들렀다 가고

흙 묻은 흰 고무신 한 켤레
종일 감자밭을 지키고 있었다

안부

참두릅, 엄나무 순, 가죽 순, 취나물
친구가 보냈다
친정어머니처럼

청도군 운문사 봄과 함께

목탁 소리 듣고 자란
운문사 처진소나무
풍경을 흔들던 바람소리도 따라왔다

한결 맑은 목소리로 물이 끓는다

초록 물방울들이
참, 향기롭다

환하다

삼월은 갔다
창가 쪽 군자란에 딱 한 송이 봄을 꽂아놓고

"봄맞이 세일" 현수막이 펄럭이는 골목 미용실
부스스한 걸음이 빈 의자를 채운다
고추밭을 들러 온 음성댁
아카시아 그늘에 벌통을 놓고 온 영동댁
맵고 톡 쏘는 이야기가 사월의 정수리에 모여든다

동네방네 뽀글뽀글 거품처럼 부푼 수다를
롯드에 둘둘 말아 고무줄로 꼭꼭 동여매는 미용실
드라이기 소음 잘려진 소문이
발밑 머리카락처럼 수북하다

구석 소파에서 차례를 기다리는 임산부
탁자 위 잡지를 뒤적거리며
염색을 못해 어두운 눈초리다

골목길 목련이 남아있는 봄볕을 가지 끝에 앉히자
꽃을 이고 문을 나서는 여인들
볼륨이 살아있다

\>

흰 구름을 염색한 노을의 손이 붉게 젖었다

골목이 환하다

울산역에서

당신 기일에
KTX를 탔습니다

봄이 먼저 개찰을 합니다

철로 난간 사이
얼굴 내민 민들레는
작년 그 모습입니다

썰물처럼 빠져나간 플랫폼 바라보며
섬처럼 서 있습니다

역을 나서니
줄지어선 벚나무
어머니 말씀으로 피었습니다

사는 것 별것 아니니
속 끓이지 말거라

자분자분한 말씀들
우듬지까지 환하게 피었어도

홀로 쓸쓸한 봄날입니다

언덕길

당신의 봄볕 같은 사랑이 그리워
언덕 넘어 산소 가는길

빗방울에 몸을 씻은
아침 풀꽃들이 햇살에 반짝이고
산새들도 즐겁습니다

옛 주머니에서 꺼낸
당신의 이야기가
굽이굽이 뒤따라옵니다

가파른 언덕길 홀로 넘어간 당신

언덕을 몇 개나 넘어야
당신을 만날 수 있을까요

보고 싶은 마음이 앞서 걷습니다

풀잎에 발목이 젖는 봄날입니다

겨울산 아래

온종일 햇살이 외면하는 외딴집
산의 정수리가 보이는 쪽마루에 앉아도
서늘한 응달맛이다

산기슭을 일구는 할머니와 개 한 마리의 동거는
산의 몇 페이지에 기록되어 있을까

눈이 쌓이기 전 아랫마을 소식을 싣고
구불구불 낡은 트럭이 달려온다
주문한 믹스커피, 박카스 막걸리 털신,
장날의 풍경도 실려온다
오물오물 계란과자 한 봉지에 묵은 외로움이 녹아내린다

수진리 다리 건너 노인들
비틀걸음도 덤으로 놓고 떠나는 만물상 트럭
노인은 트럭이 사라진 쪽으로 한동안 손을 흔든다

일찍 해가 지는 산
겨울은 쉽게 물러서지 않을 것이다
긴 밤이 문짝을 흔들고
배고픈 산짐승 울음이 마루에 쌓이면
바람의 목청도 풀리고

매화꽃 소식도 트럭에 실려 올 것이다

겨울산도 어느새
하얀 털모자를 쓰고 우뚝 서 있다

살구꽃이 왔다

항아리 늘어선 마당가에
작년 얼굴로 피었다가

술 익는 항아리 칭얼거리는 소리에
다 가고 없었다

땅바닥에 고두밥만 가득 깔아놓고

순간이다
꽃은 한순간이다

봄볕에 다 익었다는 거다

4부
절반의 이름, 절반의 노래

절반의 이름

칠월이 오자 수국은

서서히 뺨을 부풀리기 시작한다

뒤따라온 장마가

종일 수국의 머리를 적신다

무거운 고개를 어쩌지 못해

뚝뚝 눈물을 흘리는 수국들

水菊의 이름엔 물이 절반이다

장독대에 봄볕이 내려앉고

우물가 옆
돌배나무에 앉은 박새
봄볕에 맨발을 데우고 있다

봄 햇살에 뜸이 든 장독대 항아리들
체온이 올라
장맛은 깊어지고
간이 딱 맞는 당신의 손맛

수십 년 묵은 씨간장은
어머니의 보물이었다

곰삭은 사랑을
자식들에게 다 퍼주고
빈 항아리로만 남은 어머니
메주꽃처럼 환하게 웃고 있다

가슴에 부는 봄바람도
간이 딱 맞다

불안한 소리

언제부터 소리의 길이 끊어졌을까
길을 탐색하던 의사는 끝내 소리를 잇지 못했다

어딘가에 떨어뜨린 단추처럼
지난 시간을 분실하고
여미지 못한 마음의 틈으로 찬바람이 파고들었다

벚나무에 앉았다가는 봄의 뒤통수만 바라보고
달려오는 여름의 발소리를 듣지 못해

조금씩 걸음이 비틀거렸다

고요를 품은 허공은 누구의 몸일까
함부로 쓴 몸에게 무슨 말을 건네야하나

바람소리도 가라앉혀 읽어야할
눈가가 축축하다

소리의 출구는 입,

달싹이는 저 입술을 눈으로 해독해야한다

사이

강둑에 앉아보니
재잘대는 강물을 보듬어 흘려보내는 강둑
참 다정하다

내 마음과 네 마음 사이
하늘과 구름 사이

나뭇가지와 이파리 사이
초침과 분침 사이

바위틈 소나무와 천년바위 사이

그 적당한 간격으로
딱 그 마음으로

시월

늦가을 품은 멍석
마당에 끝물고추와 대추가 그들먹하다

들판 구석구석 참견하던 가을햇살이
어머니를 따라와 툇마루에서 잠시 허리를 펼 때
감나무에 묶인 누렁이
하품과 기지개로 오후를 쭉 늘인다

물렁한 감
빈 개밥그릇에 툭, 떨어지고
화들짝 뛰쳐나온 졸음이 감나무 뒤로 숨는다

서리 맞은 늙은 호박이 시렁에 올라앉고
하늘도 달게 익어 홍시 빛이다

담을 넘는 늦가을 바람이 마당을 돌아나갈 때

담벼락에 기대놓은 콩대들
톡톡 꼬투리를 열고 멀리 도망치는 중이다

관계

사무실에 새로 들인 책상과 의자
윤기가 흐르는 신혼의 꿈이 담겨있다
어디를 가나 쌍으로 붙어다닌다
천생연분이다

언제부턴가 시들해진 틈으로 끼어 든 권태
서로의 무게가 버거워
실금이 시작된 허리와 다리
믿음이 헐렁해진 사이로 찬바람만 드나든다

갈등이 시작된 근심은
항상 대기 중이지만
타인에게 틈이 보일까 침묵하는 책상
풀지 못한 일이 머리맡에 쌓여
상처와 얼룩으로 지저분하다

한세상 뒷모습만 지켜온 의자
급한 성질이 의자를 밀었다 당겼다 상처투성이다

멀어도 좁아도 안 되는 간격,

묶인 듯
묶이지 않은 듯 부부는 함께 늙어간다

북바위산의 가을

가파른 산을 타고 오른 10월이
북채를 쥐고
북바위산을 둥둥 치면

월악의 산들이 달려와 붉게 익어간다

바람이 불 때마다
산봉우리를 넘어가는 장엄한 북소리
서쪽능선까지 파문이 번진다

산새들이 북소리 물고 멀리 날아간다

가을볕도 붉게 물들었다

우암산 牛巖山

속리산 천황봉 줄기
흘러내린 소의 목덜미가 청주동쪽에 닿았다

무심천이 금강으로 내달릴 때도
선한 눈 끔뻑이는 소 한 마리
꿈쩍도 않고 자리를 지킨다

제 품에 깃드는 것 받아 안는
산에 오르면
늦가을 굴참나무에서도 산의 숨결이 보이고
낙엽 쌓인 곳에도 길이 생긴다

첫 햇살이 무량한 숲에 들면
청주 사람들
우직한 소잔등을 밟으며 서로 들고 온 아침을 나눈다

누가 저 듬직한 산을 우러러보지 않으랴

우뚝 선 소 한 마리
말없이 청주를 품어 지키고 있다

카페 벼리*

주전해안길 아래
흰 이빨을 드러내며 파도가 도착한다
온몸으로 갯바위를 밀어붙이며 흰 포말을 토해내도
끄떡없는 갯바위들

농장을 경영하는 사장님
보건소 근무하는 형님
전통주 사업을 하는 가족과
갯바위처럼 둘러앉았다

사방 큰 창문마다 바다가 출렁출렁
커피잔에도 파도가 출렁출렁
파도를 넘는 윤슬을 휘젓다 돌아가는
바닷바람에 진한 커피향이 난다

여러벤치와 이국적인 소품들
세상에서 가장 멋지게 배치되고
다른 빛깔의 얼굴로 자리를 지키는 의자들
테이블 위에 쌓여가는 저마다의 말들이
파도와 뒤섞여 솟구치기도

끝나지 않는 코로나와

뽑고 돌아서면 비웃듯 고개 쳐드는 잡초 이야기와
밭 맨 뒤 막걸리 한 잔의 시원함과
입맛 다른 커피와 버무려진다

세상의 파도에 발등이 젖는 동안
카페 창밖으로 가을이 휑하니 지나가고 있었다

* 울산 동구 주전바다 부근의 카페

항아리

항아리가 줄지어 앉은 양조장
우물가 한켠
깨진 항아리 겨우내 밀쳐두었다

봄날
햇살 한 자밤 물고 싹을 키운 항아리
차디찬 몸에
봄기운이 돌고 있었다

금이 간 몸으로 지켜낸
젖니 같은 돌단풍 꽃
잎보다 먼저 얼굴을 내밀었다

눈바람 속
배가 불룩하도록 꽃을 품은 산모였다

흔들리다

까치 한 마리 옮겨 앉는다

상수리나무에서 자작나무로
자작나무에서 산오리나무로

그때마다
딱 고만큼의 잎사귀에 따라 앉는
딱 고만큼의 하늘

3월의 숲이
딱 고만큼만 흔들린다

혼신 渾身

가을볕이 들판을 누렇게 익히고 있다

여기저기 구석구석
들에 버려진 늙은 호박 한 덩이도 찾아내어
맛있게 익히고 있다

단맛이 밴 들판

잠자리 꼬리도 빨갛게 익어간다

춘객 春客

세상이 어지러워.

아무도 몰래 광양마을로
매화 보러갔더니

마스크 내던지고
겁 없이 활짝 피었더라

그 은은한 향기
눈으로 맛보고 돌아서는

사람들 얼굴마다
희고 검은 마스크 꽃이 피었더라

결혼 축시
— 아들 결혼식에

어느 하늘을 건너
어느 깊은 바다를 건너 이 자리에 왔는가

즐겁게 노래하는 새가 되어 왔는가
굽이굽이 흐르는 강물처럼 왔는가

세상의 많고 많은 이름을 건너
세상의 숱한 인연을 건너
부모님이 허락한 한 쌍이 되었네

하나였지만
둘이어서 더욱 빛나는 사랑아
멀리서도 하나가 되는 귀한 사람아

이 세상의 어느 별이 이토록 반짝일 수 있으랴
이 세상 어느 꽃이 이토록 고울 수가 있으랴

사랑엔 마침표가 없다네
기쁨도 슬픔도 언제나 함께 하는 것
일생을 다 주어도 아깝지 않은 사람
이름만 불러도 따뜻해지는 이름이 있네

\>

이제 둘도 없는 한 쌍이 되어
어떤 폭우에도 지치지 않고
서로에게 우산이 되어 먼 길을 함께 가겠네
서로의 곁이 되어 그 무엇도 두렵지 않네

오늘은 새날이 열리는 뜻깊은 날
세상의 축복이 넘치는 눈부신 날

사랑아, 사랑아
두 사람이 곁에서 평생을 살거라
입 맞추며 살거라, 뜨겁게 보듬고 살거라

설우산 雪雨山

설우산을 찾아온 흰 눈은
소나무와 바위를 껴안고 살다가
뻣뻣한 바람의 관절이 말랑해지면
슬그머니 돌아간다

흰 눈이 앉았던 자리마다
하늘이 다녀간 발자국이 남아있다

이때쯤 새들도
설우산 품에 깃들고
가끔 구름도 몰려와
그들만의 왕국을 세우다 사라진다

괴산군 소수면
별이 뜨고 지는 하얀 발자국의 나라가 있다

삶과 시, 그 아름다운 술래잡기
– 이승애의 시세계

김진석 시인, 서원대학교 명예교수

삶과 시, 그 아름다운 술래잡기
– 이승애의 시세계

김진석 시인, 서원대학교 명예교수

1. 예술적 형상화로서의 시의 길 찾기

이승애의 시집 『둥근 방』은 다양한 내용과 형식의 작품으로 채워져 있다. 이것은 모든 것을 우선하여 시를 향한 열망과 탐구심을 반영한 결과이다. 시에 비친 그는 사물을 바라보기보다는 관찰하기를 좋아하며, 무위한 시간의 여유를 즐기기보다는 꿈꾸고 생각하기를 즐겨 한다. 그의 시인으로서의 출발이 그리 오래되지 않았음을 고려한다면, 이런 열정과 정신은 짧은 기간에 시가 도약에 도약을 더하는 추동의 힘이 된 것만은 분명하다.

인생의 원숙한 지경을 향해가는 여정에서 그가 만난 시는 단순한 감정의 표현이나 지적 호기심의 발로만을 추구하지는 않는다. 그보다는 구경적究竟的 견지에서 자신의 삶을 성찰하는 거울이자 척도로서의 의미가 강하다. 그의 시가 지나치게 낙관적 희망이나 비극적 전망에 치우치지 않고 견제와 균형에 추를 맞추고 있는 것도 이런 사실과 무관하지는 않다. 이것은 그가 자기의 삶을 알아보기 위해서, 삶의 경

험을 자유롭게 표현할 수 있는 방법을 얻기 위하여 끊임없는 노력을 경주했음을 의미하는 것이다.

그렇다면 이런 문학적 탐사의 요체는 무엇일까. 시인의 문학적 수련은 삶의 진실 탐구와 표현 기법의 습득을 위한 지난한 도정에 다름이 아니라고 할 때, 이승애 시인은 문학의 내용과 형식을 아우르기 위한 일관된 모습을 보여주고 있다. 그중에서도 시의 형식에 대한 미학적 관점에서의 접근은 득의의 장을 이루고 있다. 이렇듯 그의 시 창작과 수련 과정은 복잡한 내용 구조의 예술적 형상화와 관련하여 형식 탐구의 문제에 주력해 왔다고 할 수 있다.

짧은 형태의 단시는 이러한 노력의 결정체이다. 이들 작품은 여백이 많은 공간 속에서 의미들을 압축하거나 상징적으로 처리함으로써 짧은 시의 날카롭고 긴장된 개성을 뚜렷하게 보여준다. 그동안 일부의 시에서 드러났던 긴장의 이완이나 요설과 같은 요소들을 해소하고 있다. 이렇듯 단시는 언어의 남발과 지나친 감성을 자제하고자 하는 시인의 수련 의지가 분명하게 드러나 있다. 이러한 시 의식과 작품기법은 짧은 시의 경우에만 한정되지 않고, 그의 작품 전반에 물둘레를 이루어 심미적이고 상징적인 언어 세계를 구축하는 주춧돌이 되고 있다.

2. 짧은 시 형식과 여백의 미학

이승애의 「봄」은 섬세하고 정치한 시간 의식의 반영되어 있다. 이 시는 2문장 7행에 불과하다. 이처럼 짧은 양식임에도 불구하고 자연의 이법인 생명작용을 노래하고 있다. 산문 양식인 소설이나 수필의 장르에서는 이런 표현 자체가 불가능한 일이다. 이에 반해 이 작품은 운문 양식이 지닌 순간적인 감응력에 바탕을 둔 직감을 통해 생명의 완성 과정을 그리고 있다.

법주사 보리수나무

햇살을 오물거리는 새순들

가로세로 접힌 법문을

봄볕에 펼쳐 읽는 중이다

목탁소리 다 삼키면

열매가 붉어 단단한 씨 하나

화두처럼 박히겠다
―「봄」전문

이 시는 짧고 단순해 보이지만 그렇지 않다. 한 폭의 동양화 같은 여백 속에 많은 의미들이 함축되어 있다. 이것은 시간 구조만을 살펴보아도 자명해진다. 이 시의 시간적 배경은 봄으로 시적 화자의 초점은 "새순들"에 맞추어져 있다. 이 과정에서 "새순들"이 "햇살을 오물거리는" 행위는 "가로세로 접힌 법문을// 봄볕에 펼쳐 읽는"이라는 역동적인 이미지로 환치되어 나타나고 있다.

그런데 화자의 관심사는 눈앞에서 펼쳐지는 "새순들"에 있지는 않다. 그 봄볕 너머에 있다. "목탁소리 다 삼키"고 "열매가 붉어 단단한 씨 하나"라는 구절이 그것이다. 열매는 모든 꽃들의 절실한 꿈이자 바람이다. 모든 목숨붙이들의 삶의 한복판에 자리 잡은 생명작용의 절정이다. 그러기에 숱한 고난을 극복하고 나서야 비로소 열매는 열리고 씨로 결실을 맺는다. 이렇듯 시인은 예리한 시각과 시간의 축약을 통하여 일상의 언어 논리를 넘어서는 삶과 자연에 대한 인식의 깊이를 더하고 있다.

다음의 「삼월」도 봄을 시간적 배경으로 하고 있다. 그 봄이 오는 길목인 농촌 들녘을 다양한 영상 수법을 통해 형상화해 놓고 있다.

강둑 미루나무 비에 젖는다

우듬지에 앉았던
까치 한 마리
이내 솟구쳐 오른다

순간, 새를 날리는 푸른 손을 보았다

봄이 오는 쪽으로 강물은 잔잔히 굽어 흐르고

자욱한 물안개

비옷을 입은 농부가 들판을 건너고 있다

가까운 산들이 점점 멀어진다
— 「삼월」 전문

이 작품은 총 6연 가운데 3연까지는 원경에서 시작되어 점차 근경으로 접근하는 구성을 취하고 있다. "미루나무"(1연), "까치"(2연), "푸른 손"(3연) 등으로 전개되는 공간의 이동에 따른 장면과 사물의 극적 제시가 그것이다. 공간의 전환 과정에서 "비"가 내리는 하강의 이미지와 "까치"가 솟구쳐 오르는 비상의 이미지를 겹쳐 놓음으로써 힘찬 움직임을 배가시키고 있다. 말하자면, 영화의 클로즈 업Close Up 기법을 활용하여 극적 효과를 최대화하고 있는 것이다.

전반부가 극도의 축소화를 통해 개별 사물을 형상화했다면, 후반부는 시간과 공간을 확대하여 농촌 들녘의 정경을 형상화하고 있다. 4연은 "강물"의 움직임을 담아내기 위해 시간을 확대하고, 5연은 들판을 건너가고 있는 "농부"를 그리기 위해 공간을 증폭하고 있다. 이 과정에서 시인은 "강물"이나 "농부"는 시간과 공간의 주체임에도 불구하고 농촌 들녘의 일원을 이루고 있는 단순한 배경 이상의 의미나 기능을 부여하지 않고 있다.

이런 대비적인 시간과 공간을 지배하고 있는 실체는 봄비이다. 이것은 첫 연에서 끝 연까지 행간을 넘나들며 시적 분위기와 상황의 변전을 시도하는 주체로써 작용하고 있다. 처음에는 미루나무를 적시는 가랑비에서 시작하여 시간이 흐를수록 "자욱한 물안개"로 농도를 더해 가고 있다. 이에 따라 시적 분위기도 근경의 밝은 이미지에서 원경의 흐릿한 이미지로 중첩되어 나타난다. 더 나아가, 원근을 넘나들며 형상화한 들녘의 풍경을 끝 연에서 보듯, 일시에 무위로 돌려버리는 암전의 상태로 급전시키고 있다. 「삼월」은 이렇듯 다양한 영상 수법을 원용하여 농촌 들녘의 정경을 진경산수화眞景山水畵의 경지로 이끌고 있다.

이렇듯 단시는 여백 많은 공간 위에 다양한 이미지를 구사함으로써 시적 대상을 명료하게 부각시키고 있다. 이것과 같은 맥락을 이루고 있는 작품으로 「북바위산의 가을」, 「혼신」, 「흔들리다」 등을 들 수 있는데, 「북바위산의 가을」의 다음의 구절만 보아도 짧은 시의 특징을 미루어 짐작하기에 부족함이 없다.

　　가파른 산을 타고 오른 10월이
　　북채를 쥐고
　　북바위산을 둥둥 치고

　　월악의 산들이 달려와 붉게 익어간다
　　 － 「북바위산의 가을」 부분

북바위산을 중심으로 단풍이 물들어가는 정경을 형상화한 구절에서, 시인은 시학의 전람회를 방불케 할 정도로 다양한 기법적 장치를 선보이고 있다. 짧은 시구에 깃들어 있는 숱한 공감각적 이미지와 비유, 상징 등 수사학의 기법이 그것이다. 사실, 가을이 오고 단풍이 드는 것은 자연의 이치일 뿐이다. 시인은 이것들을 의인화를 통하여 사고와 행위의 주체로 변전시킨다. 그러기에 10월이 "북채를 쥐고/ 북바위산을 둥둥 치"는 소리에 "월악의 산들이 달려와 붉게 익어"가는 가을의 진풍경이 영화의 한 장면처럼 눈 앞에 펼쳐지게 되는 것이다.

이러한 이승애의 시적 태도의 특징은 주관적 감정이나 자아의 노출을 극도로 절제한다는 점에 있다. 대상을 객관적 심상이나 비유로 제시할 뿐 주관적 판단이나 해석은 덧붙이지 않는다. 이것은 「북바위산의 가을」의 종결어미만을 보아도 자명하다. 단풍이 물들어가는 가을 산의 모습을 "익어간다", "번진다", "날아간다", "투명하다" 등 모든 감정이 차단된 간결하고 단호한 어조로 매듭짓고 있다. 이 얼음 조각 같은 말투에 주관적이 감정이나 내면의 목소리가 끼어들 여지는 없다. 이렇듯 그가 추구한 짧은 시 형식은 일견 지나치게 단순한 것 같은 느낌을 줄 때도 있지만, 오히려 독자는 그 여백으로부터 나오는 간결미와 아름다움을 느낄 수 있다.

3. 물의 정체성과 불 품기의 미학

이승애의 시에 자주 등장하는 소재는 '물'이다. 사람들은 모두 각자의 물에 관한 이야기를 가지고 있다. 어떤 계기가 없어도 저절로 술술 풀려나올 것 같은 이야기가 물이다. 물은 모든 생물의 삶을 좌우하는 에너지의 근원이기 때문이다. 이 시인의 관심거리는 우리의 삶과 친근한 물의 현장성에 있다. 이것은 '물'과 관련한 문학적 성찰의 대상을 현실 문제에 두었음을 의미한다. 그는 기후의 생태학이라고 불러도 좋을 만큼 일상의 기상 상황에 대해 촉각의 안테나를 세우고 있다. 그 중심부에서 가장 먼저 포착되는 메시지가 가뭄이다.

> 딱 소나기 한 줄금만 달라는
> 맨땅의 마른 입술에
>
> 나는 아무 말을 건네지 못했습니다
>
> 열사흘 달,
> 환한 달빛이 송구하다고
> 흰 구름 한 점으로 얼굴을 가립니다
> ―「마른 달빛」 부분

「마른 달빛」의 초점은 시의 표제와는 달리 "땡볕"에 놓여 있다. 이것은 자연의 일부인 '태양'과 동궤의 의미를 지닌다. '태양'은 불의 원형적 이미지로서 시에서는 상반된 양상으로 나타난다. 먼저, 불변성의 측면에서는 이념의 절대적 가치나 궁극적 이데아의 세계로 표상된다. 그 반면에 불의 강렬한 충동성과 관련해서는 생명력의 소진으로 나타나기도 한다. 가뭄의 현장을 형상화하고 있는 화자의 관점은 물론 후자에 놓여있다. 한마디로 사정없이 "달라붙는 땡볕"은 삼라만상을 초토화하는 폭력성의 현현에 다름이 아니기 때문이다.

이런 극한 상황을 앞에 놓고도 "나"는 "아무 말을 건네지 못"하고 있으며, "열사흘 달"은 "흰 구름 한 점으로 얼굴을 가"리고 있다. 그러나 그뿐이다. 어떠한 시도도 태양(자연)

의 폭력성에 대해 무력함만을 역설적으로 드러내는 행위에 불과하기 때문이다. 이 지점에서 '우리는 물이 말라야 물의 진정한 가치를 안다'는 어느 소설의 한 구절을 떠올리게 된다. 이런 의미에서 자연에 대한 외경畏敬, 비극적이긴 하지만 이것에 대한 새로운 인식이야말로 진정한 깨달음의 경지로 나가는 길임을 이 시는 넌지시 던지고 있는 것은 아닐까.

이승애는 가뭄과 더불어 집중호우를 중요한 문학적 성찰의 대상으로 삼고 있다. '물'은 형체 없이 존재하되, 그 속에 상상을 초월하는 힘을 품고 있다. 그 힘이 예상하지 못한 방향과 장소에서 폭발할 때 이변이 된다.「루사가 다녀간 뒤」,「물의 속도」등은 이 가공할만한 위력과 현상을 재구성해 놓고 있다.

> 능소화의 목을 치며
> 돌진하는 저 물의 반란에
> 돌담 아래 꽃의 비명이 벌겋다
> －「물의 속도」부분

> 별안간, 가벼워진 자동차들이
> 거리마다 둥둥 떠다녔다
> －「루사가 다녀간 뒤」부분

자연 철학자들은 '물'을 '불안정한(변화하기 쉬운) 혼돈'으로 규정하고 있다. 천千의 형상, 야누스의 얼굴을 하고 있다. 그것이 본연의 모습이다. 일반적으로 물의 흐름과 순환은 자연의 질서를 표상하는 대명사로 인식되고 있다. 딴은 이것도 문명과의 어우러짐을 통해서만 가능한 일이다. 그 틀이 깨어지는 순간 걷잡을 수 없는 혼돈chaos의 양상으로 나타난다.

이 때의 천상의 물(비)은 생명수는 아니다. 땅을 향해 자폭하듯 돌진하는 폭발물이다. 이 도발적인 행위를 통해 "능소화의 목을 쳐" "비명이 벌겋"게 물들이고, "자동차들"을 들어 올려 "거리마다 둥둥 떠다니"게 하는 등 파괴자로서의 본능을 거침없이 드러내고 있다. 이 "물의 반란" 앞에 인간은 속수무책束手無策, 그 이상도 이하도 아니다. 이것이야말로 인간과 자연의 맨얼굴이라 해도 지나친 말은 아닐 듯하다.

그럼에도 물을 바라보는 이승애의 시선은 따뜻하다. 그의 시 한복판에는 가뭄이나 폭우의 어두운 요소들을 가장자리로 밀어내는 힘찬 물줄기가 굽이치고 있다. 그 흐름은 「雨요일」에서는 "목마른 나무들"에게는 "하늘이 차려준" "푸짐"한 "밥상"이 되며, 메마른 "풀잎들"에게는 "빗방울 연등을 켜고" "굽은 등을 펴"게 하는 생명력의 원천으로 작용한다. 더 나아가, 시인이 사는 동네의 「발산천」은 왜가리, 고라니, 들고양이뿐만 아니라 달빛, 별 무리 등이 어우러져 "발산천 가족"의 일원으로 살아가는 활기찬 생명의 공동체를 그려놓고 있다. 이 점에서 시인이 이르고자 하는 시적 지향점은 명확해진다. 그는 초대형 태풍인 「루사가 다녀간 뒤」 더 높고 파란 "하늘"이 드러나는 현상에 주목했듯이, 물(자연)에 대한 그의 시적 사유는 파괴를 넘어서는 재생 이미지의 탐구와 생성에 맞닿아 있다. 이렇듯 자연에 대한 새로운 인식과 지평을 새롭게 일깨우며 밝고 따뜻한 감성으로 채색되어 우리에게 다가오고 있다.

이와 더불어 물에 근원을 두고 있는 술을 바라보는 그의 시선은 각별하다. 그의 집 마당에 즐비하게 늘어선 항아리에서는 술과 더불어 시와 사랑이 함께 익어가고 있다. 술이 익는 일은 물이 불을 품는 것과 같다. 바슐라르G. Bachelard의 지적처럼 '술은 불타는 물'이다. 이렇듯 술은 모든 생명의 근원인 물과 불로 대표되는 원형적 심상을 동시에 껴안고 있다.

그의 「살구꽃이 왔다」, 「술 익는 소리」, 「담벼락 너머」 등에서 보듯, 술은 시의 발원지이다. 특히, 「술 익는 소리」는 술의 완성 과정을 밀도 있게 그리고 있다. 이것은 술을 취흥이나 완미의 대상으로 삼았던 과거의 작품들과는 비견할 수 없을 정도로 독보성이 강하다.

옹알이가 시작되었다.

입술이 두꺼운 큰 항아리마다
고두밥과 누룩이 섞여
옹알대기 시작했다

자갈바닥의 달큼한 두드림
깊은 우물 두레박의 인기척
가쁜 숨 참았던 폭포수 휘어지는 소리를

새의 말과 늑대의 웃음과 호랑이 발자국과
버무려 앉힌 후

왈강달강 끓어오르는 항아리에서
눈 떼지 못하던 시간의 빛깔

가로등이 밤 새워 그 소릴 지키다 스러지고
별들도 창문을 끌어당겨 들여다보고
달빛은 제 몸도 섞자고 무작정 달려들고

거르지 않고 찾아오는 식욕처럼
잔 부딪고 웃음 도수를 높이다가
돌아서서 다시 뿌리를 세우는 삶

호수를 흔들어 마시던 바람으로
산골짝 흘러내린 말간 숨결로

해의 시간을 걸러 내린
만장일치의 발효

소리가 지나간 자리마다
제대로 삭힌 고요 한 동이
동그랗게 입을 연다
– 「술 익는 소리」 전문

이 시는 "옹알이"를 알리는 시적 진술부터 시작하고 있다.
그런데 각 연에 내재된 시간성을 살펴보면 시간적 순서가 바
뀌어 있다. 시간 구조상 술 담그기의 마지막 단계는 술의 완
성을 지칭하는 "제대로 삭힌 고요 한 동이"밖에 없다. 2연은

1연을 부연한 것으로 보더라도 나머지 연(3연~9연)은 숙성을 위한 준비 과정에 해당된다. 환언하면, "고두밥", "누룩", "물" 등의 준비작업에 뒤이은 "발효", "옹알이", "한 동이" 순으로 전개되어야 함에도, 정상적인 시상의 흐름을 의도적으로 가로막는 시간의 역순행적 구성 방식을 취하고 있다.

이런 파격적인 행보는 "옹알이"로 상징되는 생명의 파동을 강조하기 위한 예술적 의장이다. 어찌 보면 술을 빚는 과정에서의 소리의 울림은 당연한 일이다. 특별할 일도 놀랄 것도 없는 발효의 소릿결이다. 이에 반해 시인에게 있어서 "옹알이"는 새로운 생명의 생성을 알리는 소리로서의 특별한 의미를 지닌다. 화자는 이것을 "옹알이가 시작되었다"라는 짧은 시구를 통해 강렬한 느낌을 표출하고 있는데, 이것은 생명 탄생의 신비함과 놀라움에 대한 탄성에 다름이 아니다.

「술 익는 소리」는 이런 "옹알이"를 받아적은 글이다. 더 나아가, 그것과의 대화를 받아 적은 기록이다. 이것은 아무나 가능한 일은 아니다. 누구나 항아리 속의 소리는 들을 수 있다. 그러나 모든 것은 거기까지이다. 의미 없는 소리는 무심한 바람 소리와 진배없기 때문이다. 바꾸어 말하면, 발효 과정에서의 상호 소통은 그 대상과 특수한 관계를 맺을 때만 가능한 일이다. 이것은 김춘수가 「꽃」을 통해 존재론과 인식론에 대한 내밀한 사유의 일단을 보여주었듯이, 뭇사람들에게는 "왈강달강" 하는 소음이 시적 화자에 의해 "옹알이"란 이름을 부여받음으로써 자신의 존재를 드러내게 되는 것이다.

우리가 알고 있는 한 술은 오랜 시간이 요구되는 식품 가운데 하나이다. 한 잔의 술에는 자연과 우주의 질서를 이루는 비밀과 문법이 깃들어 있다. 단지, 우리가 알지 못하기 때문에 느끼지 못할 뿐이다. 이에 반해 기본 재료는 "고두밥"과 "누룩"으로 소박하기 이를 데 없다. 이것들은 물과 버무려져 술독에 안치면서부터 술로 태어나기 위한 기나긴 여정은 시작된다. 이에 더하여 시적 화자는 "새의 말과 늑대의 웃음과 호랑이 발자국"(4연) 등을 넣고, "해", "달", "바람" 등을 술이 익는 공간으로 끓어 들이는 비약적인 상상력을 보여주고 있다. 이처럼 비상한 과정을 통해 "입술 두꺼운 큰 항아리"는 모든 원료를 용광로처럼 용해하여 새롭게 탄생시키는 마법의 공간으로 자리매김하게 된다.

이와 같은 「술 익는 소리」는 신명이 넘쳐나는 시적 공간이다. "큰 항아리" 속이 그 자장의 중심지이다. 이곳이야말로 무생물(원료)들을 소생시키는 마력의 용광로이자, 생명의 열기로 가득한 제의적 공간이다. 제의는 사물들로 하여금 일체성을 되살리면서 동시에 새로운 이상 세계의 건설을 위해 필요한 거리를 유지할 수 있게 해준다. 이것의 본질은 원료들이 독자성을 버림으로써 새로운 숨결을 얻는 생명의 놀이에 있다. 종교학의 상징 이론에 의하면, 이런 놀이는 "자신을 일종의 마술에 내맡기는 것이며, 절대적 타자 역할을 맡는 것이며, 미래를 선점하는 일"(L.K.뒤프레, 『종교에서의 상징과 신화』(권수경 옮김), 70~71쪽)에 해당된다.

이 신명 나는 놀이판에 독창은 있을 수 없다. 합창만이 있을 따름이다. 그 신명 풀이의 정점에 자리하고 있는 것이 "옹알이"이다. 그런데 이것은 소리일 뿐 술은 아니다. 술의 완성 과정에서 보면 이 소리 역시 다른 재료들과 버무려져 합창의 일부가 되어야 한다. 그 이유는 간단하다. 술은 술맛만이 있어야 한다. 그밖의 냄새와 빛깔은 순수성을 해치는 잡티에 불과하기 때문이다. 이렇듯 "제대로 삭힌 고요 한 동이"는 채움의 마력과 비움의 시학이 서로를 얽으며 독특한 아우라aura를 발산하고 있다. 이런 합일과 상생의 정신은 술의 세계를 넘어 우리네 삶에서 절실히 요구되는 원리이자 지혜일 터이다. 어떤 의미에서 「술 익는 소리」는 시를 빌려 쓴 시론이자 인생론은 아닐까.

4. 마당의 시학과 사이의 철학

이승애의 시는 '지금', '여기'에서의 삶에 꿋꿋한 푯대를 세우고 있지만, 한시도 거기에 머물러 있지는 않는다. 항상 새로운 것을 찾아 움직인다. 그 첫 번째 발길은 환향還鄕, 이것은 '지금'의 발원지인 지나간 시간과 삶의 의미를 탐색하기 위한 기억되살리기이다. 이 속에는 가난했던 시절의 막막한 삶의 모습들이 단편영화처럼 돌아가고 있다. 단연코, 그 주인공은 아버지이다. "플라스틱통"을 "주렁주렁" 달고 있는 "비탈길 고로쇠나무"(「당신의 봄」), "굽은 등의 아버지"(「인연」), "벌과 함께 소멸해 간 아버지"(「뜨거운 무사」) 등 슬픈 삽화처럼 들어있는 가장의 모습이 그것이다.

이렇듯 고향의 추억 한편에는 쓰리고 아린 장면들이 자리 잡고 있다. 하지만, 그 못지않게 사향思鄕의 그림자를 드리우게 하는 강력한 자장이 있다. 그것은 반백 년 세월의 흐름에도 '그때' '그날처럼' 시인을 기다리는 곱디 고운 꽃등불이 환하게 타오르고 있기 때문이다. 그 불빛 속을 들여다보면, 보고 싶은 얼굴들과 만나고 싶은 사람들이 다 모여있다. 여기서 갈래머리 소녀는 앳된 목소리로 아버지, 그 그리운 이름을 호명하고 있다.

> 마당에 서서 보름달을 본다
> 무슨 인연이길래
> 하늘에 박혀 기울다 자라다하는 저 달
> 만월의 그늘 안고 잠든 고향집 우물가로
> 생각의 두레박을 던진다
>
> 아버지가 보고싶다
> ―「인연」 부분

　이 작품은 시적 화자가 "보름달"을 바라보면서 "인연"의 문제를 떠올리면서 시작된다. "보름달"은 달의 순환적 반복 가운데서도 기운이 가장 팽창한 때이다. 밤의 어둠을 두루 밝히듯 강한 정서적 환기력을 불러일으킨다. 밝고 환한 달빛은 시인을 "고향집 우물가"로 인도하는 길라잡이가 되고, 이에 호응한 시인은 추억을 길어 올리기 위한 "생각의 두레박"을 드리우고 있다. 누가 볼까 저어되어 "만월의 그늘"을 택해 행해지는 이 은밀한 모습은 밀교의 제의를 연상케 한다.
　그런데 이 과정에서 2연과 같은 의외의 진술은 무슨 뜻일까. 그것은 1연의 표현 양식과 비교해 보면 명료해진다. 이 부분의 "보름달"과 "우물"은 천상과 지하의 이미지를 각각 표상하는 사물로서 전혀 연관성이 없다. 시인은 이것들을 역동적으로 결합시킴으로써 힘의 긴장 상태를 고조시키고 있다. 더없이 환한 보름달과 쉼 없이 솟아나는 우물이 서로가 서로를 견인하며 아버지에 대한 그리움을 증폭시키는 기능을 더하고 있다.

이렇듯 부르는 목소리는 애절하지만 응답이 없는 아버지! 그 심정을 시인은 "아버지가 보고싶다"는 말로 집약하고 있다. 이 말은 주어와 서술어뿐이다. 시의 구절이라기보다는 일상어에 가깝다. 그런데도 어떤 비유나 상징보다도 강력한 정서적 호소력을 담아내고 있다. 그것은 삶의 진정성이 문예 미학의 예술성을 넘어서고 있기 때문이다. "천명天命의 인연", 그 그리움은 '만남'과 '만나지 못함'의 문제는 아니다. 만날 수 없기에 더욱 그리워지는 것. 아니, 그리워할 수밖에 없는 것이 천륜天倫의 본질일 터이다.

이와 같은 이승애의 시에서 어머니가 차지하는 공간은 아버지에 비해 한정적이다. 그 역할도 살아생전의 모습보다는 추모 형식의 시가 대부분이다. 가난의 굴레를 벗어나기 위해 혼신을 다하는 아버지가 "무사"(「뜨거운 무사」)로 각인되어 있다면, 자식들에게 모든 것을 다 퍼주고 "빈 항아리로만 남은 어머니"(「장독대에 봄볕이 내려앉고」)는 전래동화인 우렁각시를 연상케 한다. 「언덕길」은 그 어머니의 "사랑이 그리워" 산소로 향하는 느낌을 묘사한 마음의 그림이다.

가파른 언덕길을 홀로 넘어간 당신

언덕을 몇 개나 넘어야

당신을 만날 수 있을까요

보고 싶은 마음이 앞서 걷습니다

풀잎에 발목이 젖는 봄날입니다.
　－「언덕길」부분

　이 시의 표제이기도 한 "언덕길"은 삶과 죽음의 경계를 의미한다. 지금, 화자는 어머니의 "산소"로 가기 위해, 그 언덕길을 오르고 있다. 이 "산소"는 어머니의 삶의 노정이 멈추어 선 마지막 길이자, 시적 화자가 그리움을 앉고 향하는 목적지이기도 하다. 이곳은 지상의 길이 끝나는 길인 동시에 하늘길이 시작되는 지점이다. 이렇듯 "언덕길"이 어머니를 향해 다가갈 수 있는 유일한 방도라면, "산소"는 그를 만날 수 있는 무이한 공간이 된다.

　그 "산소"를 향해 걷는 걸음은 어머니를 만날 기대감으로 가득 차 있다. 산책이라도 나온 듯 "풀꽃들이 햇살에 반짝이고" 어머니의 옛날 "이야기가 굽이굽이 뒤따라" 오는 아름다운 풍광과 마주하고 있다. 그렇지만 "산소 가는 길"은 산책길은 아니다. 기쁨 못지않게 비감한 마음이 들지 않을 수 없다. 짧은 만남에 비해 기약 없는 긴 이별, 거기에서 오는 영원한 상실감이야말로 현실 속의 시인이 감당해야 할 슬픔의 무게이기도 하기 때문이다.

　이 지점에서 시인은 돌연히 "가파른 언덕길"을 제시해 놓고 있다. 이것은 일방적인 감정의 쏠림현상을 제어하기 위한 심리적 공간이다. 또한 심미적 균형 감각이 돋보이는

"보고 싶은 마음"과 "발목이 젖는 봄날"의 대비적 구성도 마찬가지이다. 전자가 뜨거움을 고조시키는 상승적 이미지라면, 후자는 그것을 통제하는 차가운 하강적 이미지이다. 이 두 상반된 이미지의 제시와 결합을 통하여 사무치는 그리움, 그 삶의 실체와 맞닿아 있는 만남과 헤어짐의 형이상학인 문제를 문예 미학의 범주로 끌어들이고 있다.

이와 더불어 이승애는 닫힌 실내보다는 열린 공간을 시적 탐구의 대상으로 삼고 있다. 그중에서도 눈만 뜨면 마주치는 그의 집 마당은 가장 큰 시의 텃밭이다. "항아리 줄지어 앉은 양조장" 이곳 뜨락은 뭇 생명들로 가득 차 있다. 모든 목숨붙이들이 살아가는 모습, 그 자체가 자연의 질서이다. 그 텃밭지기의 시 농사도 마찬가지이다. 그의 시작 노트에는 이 텃밭에서 작은 생명들이 짓는 삶의 모습이 시의 열매로 영글어가고 있다.

> 전깃줄에 앉아 구경하던 까치
> 순식간에
> 지렁이를 낚아채 날아오른다
>
> 놀란 개미들 멍하니
> 허공을 올려다본다
> ─「비 그친 오후」부분

이 시에서 화자는 마당에서 벌어지고 있는 "지렁이"와 "개미"의 목숨을 건 싸움을 멀찌감치서 바라보고 있다. 생존 경쟁이란 사실 자체가 삶의 원리이기는 하지만, 이 과정에서 파생되는 죽음에 대한 연민마저 떨쳐버릴 수는 없을 터이다. 이 긴박한 상황에서 화자는 "까치"의 돌연한 등장을 통해 사건을 극적으로 매듭짓고 있다. "순식간에/ 지렁이를 낚아채"가 버림으로써 측은한 심정은 놀라운 마음으로 급전되고 있다.

화자는 까치가 제삼자의 견지에서 "구경"이나 하고 있는 것처럼 표현하고 있지만, 이것은 먹잇감을 낚아채기 위한 무심함을 가장한 노림수이다. 어찌 보면 "까치"의 이런 모습은 능청스러움을 넘어 영악스럽게 보이기까지 한다. 그런데 이것도 화자에 비할 바는 못된다. 그는 마당에서 일어나는 일에 대해 못 본 척, 못 들은 척 아닌 보살하고 있다. 하지만, 그것이 시를 위한 것이라면 눈 깜짝할 사이에 포획하여 시의 먹거리이자 자양분으로 삼고 있다. 지금, 우리가 읽고 있는 그 텃밭에서 길러낸 시의 열매가 그러하듯이.

이처럼 이승애의 시는 '마당의 시학'이라고 불러도 좋을 만큼 그곳에서 얻은 생각과 사유가 바탕을 이루고 있다. 이 마법 같은 공간이 품어내는 향기는 들불처럼 번져나가 주변의 사물들을 불러모은다. 그 설렘 가득한 정경을 「담벼락 너머」는 농도 짙은 한 폭의 풍속화로 담아내고 있다.

담 기댄 옆집 살구나무

술향기 가득한 술도가로

고개가 넘어오고

슬그머니

한 뼘씩 그늘을 넓히는 낌새에

설레는 항아리들

알코올 도수가 조금 더 올라간다
 ―「담벼락 너머」 전문

　이승애는 「담벼락 너머」를 통해 언어 세공사로서의 섬세한 면모를 보여주고 있다. 이것은 술이 익어가는 과정을 연가풍의 형태로 노래하고 있다. 그런데 술이나 사랑은 어느 정도 뜸을 들이고 나서야 비로소 본색을 드러내게 된다. 이런 시간 구조와 관련하여 한 행을 한 연으로 배치하고 있다. 이것은 7행을 한 연으로 처리한 것과는 상당한 차이를 보인다. 이러한 행간의 조정과 안배는 오랜 시간의 경과를 나타내기 위한 정교한 시간 의식이 반영된 결과이다.

　이 작품의 제재는 전혀 다른 속성을 지닌 "살구나무"와 "항아리"이다. 시인은 이렇듯 이질성을 지닌 사물들의 행위를 한 문장으로 엮어 표현하고 있다. 이 결합은 목석木石같은 별도의 사물에 따뜻한 피를 흐르게 하는 것과 같다. 이것을 통하여 두 개체는 동질성을 추구하는 사물로 전환되며, 그에 따른 의식과 행동의 변환을 지향하게 된다.

　이에 호응하듯 담 너머 "살구나무"가 "술향기"를 찾아오는 "낌새"를 보이면, "항아리들"은 그것에 응답해 "알코올 도수"를 올려 진한 향기로 그를 반기고 있다. 이렇듯 "살구나무", "담벼락", "술도가", "항아리" 등 전통성이 깃든 소재의 정교한 배열은 연정의 밀도를 높이는 기능을 하고 있다. 이에 더하여 시인은 둘의 관계를 여성성과 남성성으로 각각 형상화한 연애담 형식을 취함으로써 유희적 요소와 시적 긴장감을 고조시키고 있다. 여기서 시의 텃밭인 마당은 술이 익어가는 공간에 더해 아름다운 시와 사랑이 흐르는 무대로 자리매김하게 된다.

이승애의 시인으로서의 출발은 남다른 면이 있다. 일반적으로 시인이 되기 위해서는 치열한 습작 과정을 거치는 데 반해, 그는 시인이 되고 나서 시를 쓰게 되는 예외적인 사례에 해당된다. 별다른 준비 없이 참여한 큰 대회(충북여성백일장)에서의 입상이 그것이다. 이것은 그의 시작詩作이 문예 미학의 이론이나 논리 이전의 선험적인 감수성과 상상력을 바탕으로 하여 이루어졌음을 뜻하는 것이다. 그것은 시론이나 비평론의 관점에서 볼 때, 문학에 대한 재기와 의욕이 지나쳐서 시가 다소 방만하게 느껴질 여지도 없지는 않다.

그럼에도 절차탁마切磋琢磨, 그 스스로 시를 터득해 가는 과정에서 획득한 작시법은 독자적인 세계를 구축하고 있다. 그의 시를 살펴보면 기성 시인들의 시를 빌려 쓰거나 본뜬 흔적은 거의 없다. 그 자신이 광부가 되어 금광의 막장까지 들어가 금맥을 캐고 있다. 이 과정에서 반짝이는 비유와 상징, 이것을 엮어내는 솜씨가 혼자 일구어낸 것 치고는 예사롭지 않다고 한다면 도를 넘는 평가일까. 아니, 그렇지 않다. 재능이 있는 것을 '재능 있다'고 말하는 도리만이 사실에 가장 가까운 답이기 때문이다.

시에 대한 열망만으로 치면 이승애 만큼 넘치는 시인도 드물 것이다. 참신한 비유 하나를 얻기 위해서는 어두운 막장을 두려워하지 않고, 반짝이는 이미지를 위해서라면 밤새워 별을 바라볼 마음의 준비가 되어 있는 시인이다. 이렇게 보면 '시가 그를 찾아왔다.'기보다는 '그가 시를 불러들였다.'고 보는 것이 타당하다. 그런데 이제는 그런 말조차도 의미가 없는 듯하다. 시는 그의 생활 속에 깊숙이 자리 잡고 있고, 그 역시 시를 통해 삶의 의미를 그물질하고 있기 때문이다.

한 시인이 시집을 낸다는 것은 사적 울타리를 넘어서 공적 영역으로 들어섬을 의미한다. 그곳은 거친 파도와 암초가 수없이 널려 있는 곳, 이 난관을 어떻게 헤쳐나갈지는 전적으로 시인의 몫이다. 그 멀고 험한 행로를 예견하는 것 자체가 무리이다. 다만, 그의 서정이 출렁거리는 「사이」를 되풀이하여 읽으며 짐작할 뿐이다. 일반적으로 사람들은 강에 가면 강물을 보지 강둑에 관심을 두지는 않는다. 이에 반해 시인은 강둑을 시의 중심부로 끌어들여 그 의미를 재조명하고 있다. "재잘대는 강물"을 바다에 이르게 하는 힘의 원천을 "강둑"에서 찾고 있는 것이다. 그리고 우리에게 이렇게 속삭이고 있다. "그 적당한 간격으로/ 딱 그 마음으로"라고. 이 비범한 통찰력은 모든 사물의 안팎, 삶과 시의 원리를 복합적인 관점에서 탐색하고자 하는 진지한 시 의식의 발로이다. 여기에 다른 말을 덧붙인다면 그것은 사족에 불과하지 않을까.

그의 시의 텃밭에서는 술이 익어가듯 시도 함께 탐스러운 열매를 맺을 것이다. 그리고 그 향기는 바람에 실려, 때로는 물줄기를 이루며 멀리멀리 퍼져나가리라.

그 설레는 기다림, 첫 시집의 발간을 진심으로 축하드린다.

이승애

이승애 시인은 경북 청도에서 출생했고, 1985년 경상북도 도지사수기대상, 2017년 『문학저널』 신인문학상, 2019년 제14회 충북여성문학상, 2020년 제13회 청풍명월 전국시조백일장 등을 수상했다. 청주문협, 여백문학회, 뒷목문학회, 딩아돌하, 신사임당 시문회, 문학저널회원, 충북동시문학회 회원으로 활동하고 있으며, 조은술세종(주)대표, (사)한국여성소비자연합, 사임당 율곡장학재단 이사로 활동하고 있다.

이승애의 첫 시집 『둥근 방』은 다양한 내용과 형식의 작품으로 채워져 있다. 이것은 모든 것을 우선하여 시를 향한 열망과 탐구심을 반영한 결과이다. 시에 비친 그는 사물을 바라보기보다는 관찰하기를 좋아하며, 무위한 시간의 여유를 즐기기보다는 꿈꾸고 생각하기를 즐겨 한다.

이메일 : sejongnice@hanmail.net

이승애 시집

둥근 방

발행 2022년 10월 5일
지 은 이 이승애
펴 낸 이 반송림
편집디자인 반송림
펴 낸 곳 도서출판 지혜
주   소 34624 대전광역시 동구 태전로 57, 2층 도서출판 지혜(삼성동)
전   화 042-625-1140
팩   스 042-627-1140
전자우편 ejisarang@hanmail.net
애지카페 cafe.daum.net/ejiliterature

ISBN : 979-11-5728-487-0 03810
값 10,000원

* 이 책은 2022년도 충청북도, 충북문화재단의 후원을 받아 문화예술육성 지원사업의 일환으로 발간되었습니다.